Gabi Meyer

Zweimal Wirbelwind

MEDU VERLAG

VERLAG

Gabi Meyer

Zweimal Wirbelwind

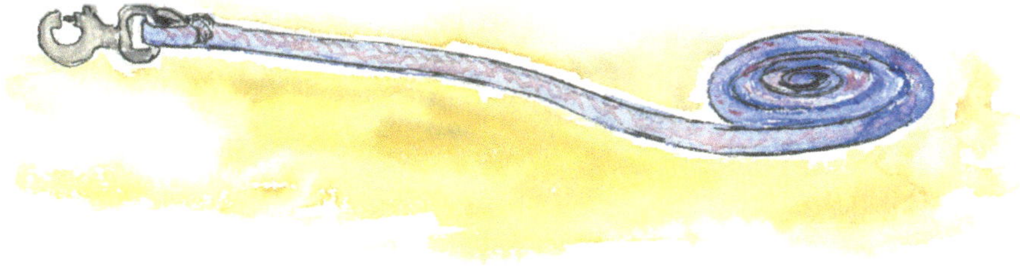

MEDU VERLAG

Bibliografische Information der Deutschen Nationalbibliothek
Die Deutsche Bibliothek verzeichnet diese Publikation in der Deutschen Nationalbibliografie; detaillierte bibliografische Daten sind im Internet über http://dnb.ddb.de abrufbar.

www.medu-verlag.de

VERLAG

Gabi Meyer
Zweimal Wirbelwind
Kinderbuch

Dreieich bei Frankfurt/M.
Lektorat: Stefanie Konstanze Völker
Umschlagmotive und Bilder im Innenteil: Heidemarie Peiß, Karin Walter und Peter-Michael Bender

Printed in EU

ISBN 978-3-96352-012-9

„Komm schnell in den Stall! Wir haben eine Überraschung für dich! Etwas ganz Besonderes!“, ruft die Mutti, während sie Pauline aufgeregt zuwinkt.
„Ich komme!“ Pauline zieht rasch ihre Lieblingsgummistiefel an, natürlich mit hübschen Pferden bedruckt.
In der ganzen Aufregung verwechselt sie erst die Schuhe, zieht den linken Schuh an den rechten Fuß und umgekehrt. Aber so kann sie nicht laufen. Also rasch noch mal umziehen. Dann rennt sie, so schnell sie kann, durch die großen Pfützen auf dem Hof zum Stall.

„Was hat die Mutti nur und wo ist Papa?“
Mit roten Bäckchen und klopfendem Herzen öffnet sie die Stalltür. Es wird doch nicht … Wow!

Schon von weitem sieht sie den Grund, warum sie so schnell kommen sollte. Hinter ihrer alten Stute lugt ein kleiner Pferdekopf mit ganz großen runden Augen hervor. Sein hellbraunes Fell ist noch leicht feucht und strubbelig. Zwischen den kleinen puscheligen Ohren, direkt auf der Stirn, hat er einen großen weißen Wirbel, der wie ein Stern aussieht.

Pauline wusste zwar, dass die liebe alte Stute „Wind“ ein Fohlen bekommt. Aber heute Nacht? Deshalb ist Papa gestern Abend wohl so oft in den Stall gelaufen und hat immer mit Mama getuschelt, wenn er zurückkam.

„Na?“, fragt Papa. „Ist das nicht eine tolle Überraschung? Unsere Stute Wind hat sich besonders große Mühe gegeben und diesen hübschen kleinen Hengst ganz allein auf die Welt gebracht. Komm ruhig langsam näher und lass den Kleinen an dir schnuppern.“
„Oh, wie toll!“ Pauline strahlt über das ganze Gesicht und bewegt sich ganz vorsichtig auf den kleinen Hengst zu.
Noch etwas wackelig kommt er auf die neue Pferdefreundin zu und stupst sie ungeschickt mit seinen Nüstern an. Wie süß! Er schnuppert und nimmt ganz tief ihren Geruch auf. Pauline schaut etwas irritiert.
Mama und Papa lachen. „Das hat er mit uns auch schon gemacht! Nun weiß er, dass wir dazugehören.“

Pauline klopft der alten Stute auf den Hals und flüstert ihr zu: „Das hast du wunderbar gemacht, er ist ein hübscher Kerl! Ganz hellbraun mit einem großen weißen Wirbel." Und an Mama und Papa gewandt fragt sie: „Wie wollen wir ihn nennen?"
Ihre Eltern schauen einander an. „Du darfst dir gerne einen Namen aussuchen, Pauline, aber überleg ihn dir gut. Schließlich trägt er den Namen sein ganzes Pferdeleben und da ist es wichtig, dass er auch zu ihm passt."

Pauline macht große Augen. „Bis wann muss er denn einen Namen bekommen?"
„Lass dir Zeit und denk gut darüber nach. So haben wir es auch mit deinem Namen gemacht", sagt Mama lächelnd. „Jetzt aber brauchen Wind und der Kleine Ruhe. Er wird nun trinken und sich an die neue Umgebung gewöhnen. Und natürlich muss unser kleiner Hengst erst einmal viel üben, seine langen, dünnen Wackelbeine wie ein großes Pferd zu bewegen."

„Da hat sie recht“, sagt Papa. „Und heute Nachmittag bringen wir die beiden auf die Koppel. Das ist besonders wichtig für unsere liebe Stute Wind, damit sie viel gute Milch für den Kleinen hat.“

„Schade, dass nicht jetzt schon Nachmittag ist!“ Pauline seufzt tief. Dann rennt sie aus dem Stall und macht einen riesigen Freudensprung in die erstbeste Pfütze, dass das Wasser nur so in alle Richtungen spritzt.
„Ich darf einen Namen aussuchen, ich darf einen Namen aussuchen! Ist das aufregend! Gut, dass die Mutti den Sprung in die Pfütze nicht gesehen hat!“ Pauline muss kichern. Ihre Mutter würde sonst gleich wieder rufen: „Du kleiner Wirbelwind!“
„Oh!“ Pauline bleibt mitten in der Pfütze stehen und merkt gar nicht, wie ihr die schmutzigen Wassertropfen die Bäckchen runterlaufen. „Wirbelwind? Unsere Stute heißt doch Wind und der Kleine hat einen so besonders großen weißen Wirbel zwischen seinen Puschelohren. Ich werde ihn Wirbelwind nennen!“ Mit riesen Freudensprüngen geht es zurück zum Stall.
Obwohl sie es kaum erwarten kann, Mama und Papa von ihrer Idee zu berichten, öffnet sie die Stalltür ganz leise, damit die Pferde sich nicht erschrecken.

„Mama! Papa! Ich hab schon einen Namen. Der kleine Hengst soll Wirbelwind heißen!“
Beide lachen, klopfen nochmal die Stute und das Fohlen am Hals und Papa sagt: „Das ist ein besonders schöner Name. Hoffentlich wird er nicht ein allzu großer Wirbelwind, denn **ein** Wirbelwind in unser Familie ist vollkommen ausreichend.“
Pauline staunt: „Haben wir noch ein Fohlen?“
„Nein“, antwortet Mutti verschmitzt und wischt ihr ein paar schmutzige Wassertropfen aus dem Gesicht, „aber du bist unser kleiner Wirbelwind.“
Sofort schnappt Papa Pauline und nimmt sie auf seine Schultern. Gemeinsam geht es ins Haus. Erst mal Frühstücken!
„Hoffentlich wird es bald Nachmittag, ich kann es kaum erwarten“, wünscht sich Pauline. „Ich muss auch gleich Oma Löckchen und Oma Rund von unserem großen Glück berichten.“

Als Pauline noch ganz klein war, haben ihre Eltern den beiden Omas diese Namen gege-

ben, damit sie immer wusste, zu welcher Oma sie zu Besuch fahren.
Oma Löckchen hat besonders viele kleine Löckchen, die immer wippen, wenn sie auf Pauline zugelaufen kommt, um sie zu begrüßen.
Oma Rund ist sehr gemütlich. Wenn ihr Enkelkind sie umarmt, muss sie immer lachen, denn Paulines Arme reichen einfach nicht um sie herum.

Pauline überlegt laut: „Ich habe die beiden so lieb, sie sollen auch beide gleichzeitig die schöne Nachricht bekommen. Aber wie kann das gehen?“

Papa hat eine Idee: „Nimm dir deine Stifte und zwei Blätter und male ihnen doch unseren kleinen Wirbelwind auf. Ich schreibe die Adresse auf die Briefumschläge, wir stecken die Bilder hinein, Briefmarken drauf und ab in den Postkasten. Dann haben beide zur gleichen Zeit die gute Nachricht.“

„Ja, das ist schön“, freut sich Pauline. „Es dauert ohnehin noch so schrecklich lange, bis es endlich Nachmittag ist und wir die beiden auf die Koppel bringen können!“

Schnell nimmt sie sich Papier und Stifte und legt sie auf den kleinen Tisch in ihrem Kinderzimmer. „Und du leistest mir Gesellschaft!“ Mit diesen Worten schnappt sie ihr liebstes Kuscheltier: Rosa Rosinchen!

Paulines Mutti hat sie ihr geschenkt. Rosa Rosinchen gibt es schon sehr lange in der Familie. Das kleine hübsche Schweinchen hat Mutti vor vielen vielen Jahren, als sie noch klein war, von Oma Rund zum Geburtstag bekommen. Eben ein Familienmitglied!

Oft erzählt ihr die Mutti, wie sie mit ihren ganzen Kuscheltieren und ihrem Bruder Anton gespielt hat. Da gab es Teddy Schlips, Tigger, Stinkekatze, Springer und natürlich Rosa Rosinchen.

Oft staunt Pauline, wenn Mutti ihr davon erzählt und sie lachen über lustige Geschichten.

Papa sagt dann immer, dass sie albern sind, aber sie wissen ganz genau, dass er heimlich mit zuhört. Pauline muss bei dem Gedanken schmunzeln. „Weißt du Rosa Rosinchen, Oma Löckchen hat mir schon oft Geschichten von Papa erzählt, als er klein war. Ich glaube der Wirbelwind liegt in unserer Familie.“
Pauline ist gerade fertig mit ihren Bildern, als Papa die Briefumschläge bringt. Schnell zum Postkasten damit!

Nach dem Mittagessen und einem kleinen Nickerchen ist es dann soweit.
Endlich Nachmittag!
Mama ruft: „Pauline, es geht los! Denk daran, dass wir bei den Pferden ruhig und vorsichtig sein müssen. Dieser kleine Wirbelwind ist nämlich sehr ungestüm und rennt und springt wie ein Rehböckchen.“

Am Stall angekommen öffnet Papa langsam die Tür. Die Stute schaut sie zufrieden an, während sie weiter das duftende Heu frisst. Der Kleine ist fast nicht zu sehen, er liegt der

Länge nach ausgestreckt im Stroh und schläft ganz fest.

„Das war für ihn sehr anstrengend. Er muss viel schlafen und fressen, damit er ein großer kräftiger Hengst wird“, sagt Mutti.

Hinter ihnen stürmt ihr Hund Lasse in den Stall. Eigentlich heißt er Lord Lasse, aber er benimmt sich ganz und gar nicht wie ein vornehmer Lord.

Immer streunt er herum, schnüffelt und versucht die Katzen zu fangen, was ihm aber noch nie gelungen ist.

Wenn Oma Rund kommt, weicht er nicht von ihrer Seite, denn sie hat immer getrocknete Brotstückchen in ihrer Tasche.
Das finden Mama und Papa nicht gut, weil er zu dick wird. Sie nennen ihn deshalb immer Moppi.
Als Wirbelwind den stürmischen Vierbeiner sieht, springt er erschrocken auf und sucht Schutz bei Wind. Die stupst ihn aufmunternd an und leckt sein Fell. Das heißt wohl, dass alles in Ordnung ist.

Papa bringt einen Halfter und einen Strick für die Stute, beides hat sie von der Familie zu ihrem 15. Geburtstag bekommen.
Die Farbe Blau steht ihr gut und leuchtet bei ihr besonders schön, finden alle.

„Wirbelwind braucht auch einen Halfter“, sagt Pauline.
„Später“, erklärt Mutti. „Unser kleiner Hengst muss erst zu uns Vertrauen haben.“
„Aber dann läuft er doch weg!“, ruft Pauline aufgeregt.
„Mach dir keine Sorgen“, entgegnet Papa, „Wind passt gut auf ihn auf. Du wirst sehen, der Kleine bleibt immer dicht bei seiner Mutter. Sie ist für Wirbelwind im Moment die Allerwichtigste!“
„Ich bin auch gerne bei euch“, meint Pauline und kuschelt sich eng an die Mutti. Ein Küsschen und schon geht es los!
Papa führt die beiden auf die Koppel. Kaum angekommen setzt der Kleine ungestüm zu einem riesigen Galoppsprung an. Seine staksigen Beine kommen durcheinander und alles endet in einem einzigen Pferdeknäuel. Die Stute stupst ihn besorgt an, doch schnell steht er wieder und es geht weiter mit den ersten Erkundungen.
Mutti sagt zu Papa: „Das war ja ein großer Galoppsprung. Ich sehe schon, dass ihm

das Springen einmal große Freude machen wird.“
Wind senkt genüsslich ihren Kopf und grast, wobei sie immer ein Auge auf Wirbelwind hat.
Papa meint: „Wir lassen die beiden nur eine Stunde auf der Koppel, damit Wind nicht zu viel von dem schönen grünen Gras frisst und vielleicht Bauchschmerzen bekommt. Morgen kann es dann etwas länger sein.“

„Ich würde so gerne mit ihm spielen“, meint Pauline.
„Viel später“, antwortet Mutti. „Jetzt ist es erst mal wichtig, dass er eine Menge Zuneigung von Wind und von uns bekommt. Er muss sich an uns gewöhnen und merken, dass wir es gut mit ihm meinen. Auch muss er erzogen werden, ansonsten kann aus dem kleinen

Wirbelwind ein richtiger Wirbelsturm werden. Wirst du mir dabei helfen?“ Mutti schaut Pauline freundlich an, die sehr froh ist, dass sie mithelfen darf.
„Wir werden bestimmt beste Freunde, mein kleiner Wirbelwind und ich.“
Mama und Papa zwinkern einander zu und umarmen einander.

Natürlich muss der Kleine, genau wie Wind, gut gepflegt werden. Mutti nimmt Pauline an die Hand, geht zum Schrank im Stall und holt von ganz oben eine kunterbunte Pferdeputzbox herunter.
„Oh, ist die schön“, freut sich Pauline und hüpft fröhlich herum.
„Ja“, sagt Mutti, „das war meine allererste Putzbox. Die möchte ich dir jetzt schenken, damit dein kleiner Freund seine eigenen Bürsten, Hufkratzer und einen Mähnenkamm in einer eigenen Box hat.“
„Danke Mutti!“ Pauline nimmt die Box und rennt nun schnell zu Papa, um die Neuigkeiten zu erzählen.

Papa freut sich, als er Pauline sieht: „Du kommst gerade richtig, es ist Zeit, die Pferde von der Koppel zu holen. Wir putzen Wind, und den Kleinen lassen wir an seiner Putzbürste riechen."

„Irgendwie sieht Wind heute besonders schön aus", stellt Mutti fest, als wir mit den beiden zurück in den Stall kommen. Glücklich schaut sie uns bei der Arbeit zu.

„Das stimmt", antwortet Pauline.

In diesem Moment schnappt Wirbelwind nach der weichen Bürste und hält sie mit

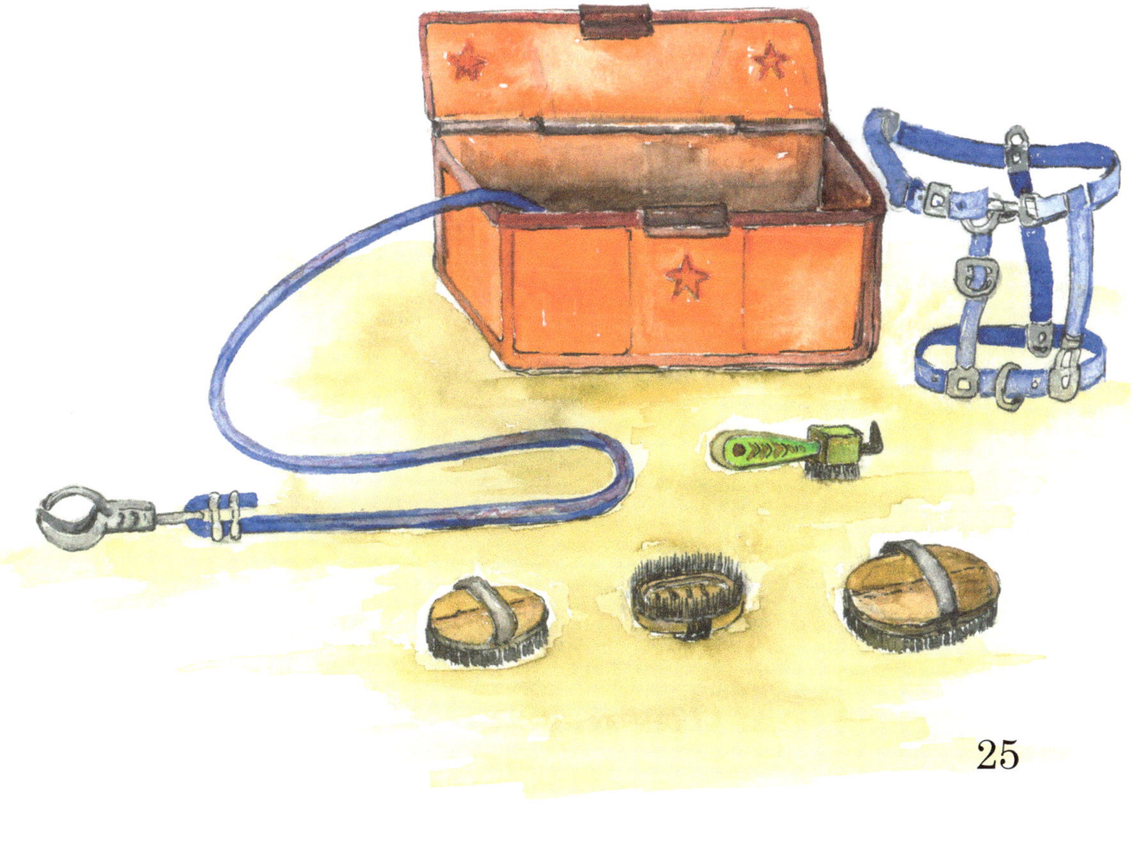

seinen kleinen Zähnen fest. Alle lachen. So ein lustiges Bild! Papa gibt der Stute frisches Heu und Hafer, der Kleine trinkt schmatzend Milch bei seiner Mutti. Dann schmiegt er sich dicht an Wind und die großen Pferdeaugen fallen langsam zu.
„Gute Nacht, ihr Pferde“, verabschiedet sich Pauline.

So, jetzt ist die Familie dran. Alle haben schon mächtig Hunger nach dem aufregenden Tag. Mutti hat das Abendbrot vorbereitet und alle drei setzen sich an den Tisch.

„Was für ein schöner Tag das war!“ Mutti strahlt.
„Guten Appetit!“ Papa schiebt sich genüsslich ein Stück Schinkenbrot in den Mund.
„Wisst ihr was? Noch drei Tage, dann habe ich Geburtstag“, freut sich Pauline. „Oma Löckchen bringt bestimmt wieder eine große selbstgemachte Torte mit und Oma Rund wird wieder lustige Geschichten erzählen. Matthias, Anton, Maya, Hanne und Andre sind auch dabei, eben meine ganze Familie.“

Mutti lächelt, denn Pauline kommt kaum zum Essen, weil sie so viel noch erzählen will. „Dann können wir gemeinsam unser kleines Fohlen begrüßen. Ich bin schon sehr gespannt, wie sie den Namen finden, den ich aussuchen durfte. Bevor meine Geburtstagsgäste kommen, werde ich mit Papa zusammen Wind und Wirbelwind besonders schön putzen. Ich freue mich schon riesig auf meine beste Freundin Emma und natürlich auf die Geschenke."
„So, nun genug geplappert, mein kleiner Wirbelwind", mahnt die Mutti mit gespieltem Ernst. Alle drei lachen herzlich.
„Wo sie recht hat, hat sie recht", sagt Papa. „Genug Aufregung für heute, Zähneputzen, waschen und dann wird geschlafen."
Wie jeden Abend kommen Mama und Papa an Paulines Bett um „Gute Nacht" zu sagen. Heute liest Mama ihr eine Geschichte vor. Doch Pauline kann kaum noch zuhören, so müde ist sie.
„Gute Nacht, Pauline, und träum etwas Schönes." Dann bekommt sie ihr Küsschen.

„Ja, wie ich mit Wirbelwind über die Felder reite!“, antwortet sie leise.
Pauline kuschelt sich eng an Rosa Rosinchen, dann fallen ihr ganz langsam die Augen zu.

„Ich kann es gar nicht erwarten, dass der neue Tag beginnt“, flüstert Pauline, bevor sie fest einschläft.

Gute Nacht ihr Kinder!

DANKE

Herzlich danke ich den Malern Heidemarie Peiß, Karin Walter und Peter-Michael Bender vom Kunstmarkt in Magdeburg für die wunderbar gelungenen Aquarelle.

Für die freundliche Unterstützung bei der Korrektur bedanke ich mich bei Birgit und Martina.

Danke an meinen Sohn Toni, der dieses für mich wunderbare Projekt in allen Höhen und Tiefen begleitet hat, und an meine Tochter Henriette, die mich so wundervoll in die Welt der Pferde eingeführt hat.

ÜBER DIE AUTORIN

Gabi Meyer wurde 1960 in Magdeburg geboren. Nach dem Schulabschluss machte sie eine Ausbildung an der Fachschule für Kindergärtnerinnen und trat 1979 in das Berufsleben ein. Durch die Geburt ihrer zwei Kinder orientierte sie sich neu, arbeitet seitdem in einem mittelständigen Unternehmen, inzwischen als Betriebsleiterin.
Die Idee und den Wunsch ein Kinderbuch zu schreiben, hat die Autorin schon viele Jahre in ihrem Herzen getragen. Doch die Familie, engste Freunde und Bekannte wussten, sobald ein Enkelkind geboren wird, möchte sie die Idee in die Tat umsetzen und ihm eine Geschichte schenken.

„Zweimal Wirbelwind“ ist Gabi Meyers erstes Kinderbuch, dem noch weitere folgen sollen.